www.tredition.de

AF196148

Petra-Alexa Prantl

Amüsante Lektüre
für
schlaue Lateiner

Cäsar würde sich wundern

www.tredition.de

Cover   Petra-Alexa Prantl
Lektorat   Sylvia Bernhard-Kasanmascheff

Verlag & Druck: tredition GmbH, Halenreie 40-44, 22359 Hamburg

ISBN
978-3-347-28494-4 (Paperback)
978-3-347-28495-1 (Hardcover)
978-3-347-28496-8 (e-Book)

Petra-Alexa Prantl

Amüsantes
für schlaue Lateiner

Cäsar würde sich wundern

Dieses Buch widme ich

mit vielen guten Wünschen
meinem ehemaligen Schüler
und dem zukünftigen Lateinlehrer

Florian Schubert

Inhaltsverzeichnis

Vorwort

Analog zum Ausspruch „I know me out with English" heißt es in dieser vergnüglichen Lektüre für Cäsar und schlaue Lateiner „scio me ex cum Latina."

Nicht ganz bibelfest, dafür umso weniger mit Grammatik und Deklinationen – immer schön im Nominativ – stellt das Buch eine Anzahl von lateinischen Aussprüchen als Entschädigung für die oft allzu ernste und schweißtreibende Überset-zungsarbeit der lateinischen Sprache vor.

„Dona nobis panem et circences" mag den einen oder anderen stutzig machen, ist es doch eine Kombination aus „dona nobis pacem" und der Forderung nach „panem et circenses" im alten Rom. Cäsar würde sich wundern über folgenden Satz: „Spes deis dono amas vome Berlin Mün-chen...?" Um Ihnen das Knobeln zu erleichtern: „S/pes de/is do/no a/mas vom/eberl/in München." Haben Sie's erkannt? (S Beste is do no a Maß vom Eberl in München.)

Ähnlicher Nonsens scheint auf den ersten Blick der Satz „people reader dry egg" zu sein. Versuchen Sie, es einmal anders zu lesen. Wenn Sie müde sind, sagen Sie einfach „je veux ma rue..." Mit Hilfe des Vokabelverzeichnisses finden Sie die Lösungen.

Verwundert über die kuriosen Wortneuschöpfungen des 21. Jahrhunderts wären die römischen Dichter Ovid, Horaz und Vergil: Aus dem www. wird ein *ttt*, das Computer Passwort ist ein *arcanum* und die elektronische Datenverarbeitung ist übersetzt als *electronica datorum tractatio.*

Interessant und überraschend für Schüler und Studenten erscheinen zahlreiche Neuwörter aus dem heutigen Sprachgebrauch im „Pons für Schule und Studium Latein-Deutsch."

Wer sich noch im heiteren Sinne an den Lateinunterricht von damals erinnern kann und sprachliche Spielereien mag oder heute selbst als Lateinlehrer unterrichtet, dem wünsche ich viel Freude mit dieser Lektüre.

Petra-Alexa Prantl

Für schlaue Lateiner

B

Bello finito.

C

Caesar portat oratio ante.

Caesar habet bonus unum casus.

Caesar potestas cubita firmamenta.

Cum post se sinit plenum currere.

Classis Romana

D

Dignitas tibi quid gratia?

Dux campus mane fragmentum ex.

E

Ego bibo omnia ex.

Ego ceno omnia in.

Ego imperia tibi aqua.
Ego lacus nihil.

F

Fautor se quid.

G

Gravitas nos coma!

H

Hora animales habent hora in olet.

I

Ignatius potestas ex nomina.

Ignis qui habet se praxis.

In hora coma arcessat ego me.

N

Nihil ut via !

P

Per casus.

Precatio, precatio !

Pugna halos.

R

Remedium plus cenat non sal fatum.

S

Salus audere hospes scitus.

Scio me ex cum Latina.

Sis qui carcer !

Sum per unum aliud.

U

Universum ignobilis medicus sub quaerit nanus pellis.

V

Veterani vehicula vectum.

Vina non, si ex unum aliud imus.

Vokabelverzeichnis für schlaue Lateiner

ad	an, hin, zu
alius, alia, aliud	anderer
animales	Tiere
ante	vor
arcessat	er hole (Konjunkiv)
altitudo	die Höhe
aqua	das Wasser
audere	wagen
bibo	ich trinke
bonus	gut
campus	der Acker, das Feld
carcer	das Gefängnis, die Haft
casus	der Fall
cenat	er, sie, es isst
ceno	ich esse
classis	die Flotte, das Schiff
coma	die Ähren, das Laub
cubita!	liege !

cum	mit
cum (kaus.)	da
currere	laufen
de	von
dignitas	die Würde
debes	du musst
dry	drei
dux	der Leiter
egg	Eck
ego	ich
equus	das Pferd
ex	aus
facit	er, sie, es macht
fautor	der Gönner
finito	beendet, fertig
firmamentum	das Befestigungsmittel, die Stütze
fragmentum	das (Bruch-) Stück
gratia	Dank, Gefallen
gravitas	die Schwere, die Last
habeo	ich habe

habes	du hast
habet	er, sie, es hat
halos	der Hof (des Mondes)
hora,-ae	die Stunde, die Uhr
hospes	der Wirt, der Gast- freund
ignis	das Feuer
ignobilis	gemein
imperium, -a	das Reich, die Reiche
in	in, im
je (franz.)	ich
lacus	der See
ma	meine
mane	früh
me	mich
medicus	Arzt
mihi	mir
nam	denn
nihil	nichts
nomen, nom//ina	der Name, die Namen
non	nicht

nos	uns
olet	er, sie, es stinkt
omnia	alles
oratio	die Rede
people	Biebel
plenum	voll
plus	mehr
portat	er, sie, es trägt
praxis	das Verfahren
precatio	Gebet, Bitte
pugna	der Krieg, die Schlacht, der Kampf
quaerit	er, sie, es sucht
qui	wer
quid	was/das
reader	rieder
rue (Straße)	Ruh'
salus	Die Rettung, das Heil
scitus	klug, geschickt, schlau
se	sich
scio	ich weiß, ich kenne

si	wenn, falls
sinit	er, sie, es lässt
sis !	sei !
sub	unter
tibi	dir
ubi	wo
universum	das All
unum	ein
ut (mit Indikativ)	wie
veux	will
vinum, vina	der Wein, die Weine
vehere, vexi, vectum	fahren, fuhr, gefahren
vehiculum	das Fahrzeug, der Wagen
veterani	die Veteranen
via	der Weg, die Straße

Lösungen für Caesar und schlaue Lateiner

B

Bello finito.

Der Hund ist tot.

C

Caesar portat oratio ante.

Cäsar trägt eine Rede vor.

Caesar habet bonus unum casus.

Cäsar hat einen guten Einfall.

Caesar potestas cubita firmamenta.

Cäsar macht Liegestützen.

Cum post sinit se plenum currere.

Danach lässt er sich volllaufen.

Classis Romana.

Die flotte Römerin.

D

Dignitas tibi quid gratia?

Würde dir das gefallen?

Dux campus mane fragmentum ex.

Leider fällt das Frühstück aus.

E

Ego bibo omnia ex.

Ich trinke alles aus.

Ego ceno omnia in.

Ich esse alles auf.

Ego imperia tibi aqua.

Ich reiche dir das Wasser.

F

Fautor se quid.

Gönn er sich was.

G

Gravitas nos coma!

Lasst uns ehren!

H

Hora animales habent hora in olet.

Urtiere haben Urinstinkt.

I

Ignatius potestas ex nomina.

Ignatius macht Ausnahmen.

Ignis qui habet se praxis.

Die Feuerwehr hat sich verfahren.

In hora coma arcessat ego me.

Im Urlaub erhole ich mich.

N

Nihil ut via!

Nichts wie weg!

P

Per casus.

Durchfall.

Precatio, precatio !

Bitte gebet !

Pugna halos

Schlachthof

R

Remedium plus cenat non sal fatum.

Das Mittelmeer ist nicht salzlos.

S

Salus audere hospes scitus.

Der Rettungswagen wird geschickt.

Sis qui carcer !

Sei wehrhaft !

Sum per unum aliud

Ich bin durcheinander.

U

Universum ignobilis medicus sub quaerit nanus

pellis.

Der Allgemeinarzt untersucht das Zwerchfell.

V

Vina non, si ex unum aliud imus.

Weine nicht, wenn wir auseinander gehen.

Auch Ovid und Horaz würden sich wundern...

Die folgenden Ausführungen sollten nicht mit allzu ernster Miene gelesen werden...

Was Horaz, den römischen Lyriker (65 v. Chr.) heute mehr als schockieren würde, wären die *pilula anticonceptiva,* die Antibabypille und der *umbraculum oculorum,* der Lidschatten – beides lateinische Wortschöpfungen des 21. Jahrhunderts, gefunden im Wörterbuch für Schule und Studium Latein-Deutsch (Pons Verlag 2007). Um den *sphaeristilus,* den Kugelschreiber von Ovid und Horaz zu prüfen, würde Gaius Cilnius Maecenas (70 – 8 v. Chr.), ein Gönner und Förderer der damaligen Dichtkunst, heute die *inspectio legitimationis,* die Ausweiskontrolle vornehmen. In seinen *Metamorphoses* hätte der römische Dichter Ovid (43 v. – 17 n. Chr.) mit dem *remulcum*, dem Abschleppseil, der *pyxis conservatoria,* der Konservendose und der Windschutzscheibe, *vitrum antiaërium* wohl literarische Probleme. Ob Cäsar (100 – 44 v. Chr.) in seinem *de bello Gallico* beim Einrichten der Lagerstätten *caeliscalpia* (Wolkenkratzer), für seine Soldaten eine *regio peditum* (Fußgängerzone) und gegen die Helveter eine *statio cosmica*, eine Raumstation eingeplant hätte, ist weiterhin schwer vorstellbar. Krass muten neben der *tunicula* (T-Shirt) auch das Kabelfernsehen, *televisio capularis* und das Videoband, *taenia magnetoscopia* an.

Ist es im 21. Jahrhundert das *www. (world wide web),* so gipfelt das „neuzeitliche" Latein in der Kuriosität des *ttt. (tela totius terrae).* Man stelle sich vor, wie wenig klassisch und pietätlos Ovid seine *„Ars amatoria,"* die „Liebeskunst" als *Blogger* ge-web-t oder die *„Heroides,"* (Briefe mythischer Frauen) als *podcasts* verfasst hätte.

Nihil ut via !

(Nichts wie weg !)

Quellennachweis

dict.cc Wörterbuch Latein-Deutsch, dictionarium latino-germanicum

Wörterbuch für Schule und Studium, Pons GmbH Stuttgart 2007

Zeitfracht Medien GmbH
Ferdinand-Jühlke-Straße 7
99095 Erfurt, Deutschland
produktsicherheit@kolibri360.de